Peter Horst Neumann

Auf der Wasserscheide

Peter Horst Neumann

Auf der Wasserscheide

Gedichte

Rimbaud

I

Piz Longhin

Schrittweise
hast du den Berg
buchstabiert
über die letzte Arve hinaus
ins Geröll.

Anders
als mit den Füßen
war dieses Buch
nicht zu lesen.

Nun stehst du,
die Hand vorm Auge
gegen die Blendung,
mitten im tausendmal
umgeschriebenen
Wolkentext
und verstehst,
tröpfchenweise.

Leere Ansichtskarte. Graubünden

Nebel in magermilch-
grauer Belichtung.
Ein Kamera-Auge
und sein Gedächtnis.
Es galt, einen Zustand
zu photographieren.

Dahinter die vor-
enthaltene Landschaft,
Rheinschlucht,
Rhäzünser Alp,
zwei uneingelöste
Versprechen.

Hölderlin ging hier vorbei,
wer hat ihn gesehen.

....

Am Ende der Augenzeit
wird man dir alles erzählen.

Gegen Böcklin

Mein Zorn, als ich hörte,
daß er die Toteninsel mehrmals
gemalt hat, wie Cranach
die mondblasse Venus oder
das Luthergesicht nach der Schablone,
geschäftstüchtig beide, ohne
für das Problem der Wiederkehr
eine Lösung zu suchen.

Ich war doch hinübergefahren
im Kahn ohne Ruder
durchs Wasser, das schwarze,
mit einem Wind im Rücken,
der nur meinen Rücken traf,
und in der Dämmrung zurück-
geschwommen, hatte mein Totenhemd
drüben gelassen und, als ich's erfuhr,
noch immer zu schwimmen geglaubt.

Im vierten, im fünften Reprint.

Villa Martelli. Toscana

Der Tisch aus Stein,
das Buch schon zugeschlagen,
meine Tür. Nur noch
zum Warten war es hell
genug. Wie gut, zu warten
hier auf keinen.

Vom Ende der Chaussee:
Platanen, wie eine Herde
hundertjährger Elefanten,
die Rüssel paarweis
in der Luft verknotet,
ein Stillstand, unaufhaltsam
auf mich zu.

Und später
kam der Bote, ein Fasan,
vom Maisfeld her,
ganz dicht an mir vorbei.
Ich hielt den Atem an,
als wär's für immer.

Die Ebene von Pisa

Was für herrliche Höhlen
habt ihr über der Erde gebaut,
Baptisterien und Kathedralen,
marmorweiß, und der letzte Stein
im Gewölb ein zur Tiefe
gebrülltes Gebet.

Gestern noch in Ferrara hab ich
in seinem Gefängnis Tasso
besucht, hier aber, in der Ebene von Pisa,
irgendwo, stand der Dichterkäfig
von Pound, ein glühendes
Blechdach gegen die Sonne.

Ich will seinen Durst und Unrat
nicht teilen, nur sagen,
daß es so war.

Familiengeschichten

Barfuß durchs
Schweinetor nach Berlin,
dein Großvater, Felix,
der Judenjunge aus Dessau,
du hast es gewußt.

Und deiner, Ilse,
Stationsvorsteher der k.u.k.
Nordbahn in Auschwitz;
die Großmutter, später, kam
nur noch einmal dorthin.

Gründonnerstags-
Sprüche

Laß uns einander
die Füße waschen,
die staubigen und
die schon Staub.

So vieler Füße Staub
an unsern Füßen.

*

Greinen, das spät
verstandene Wort,
über Brennesselwurzeln
ein bitteres *Grün*.

Und Scharbockskraut
für die Karfreitagssuppe.

Vom siebenten Tag

Am siebenten hat er sich
schlafen gelegt, jenseits
erreichbarer Orte am Rande
der Zeit das Fragment
sich selbst überlassen.

Sechs Tage Mühe,
die Kräfte erschöpft.

Manchmal
an einem Frühlingstag
denk ich: jetzt
schlägt er die Augen auf,
ausgeruht und den lange
genug überschlafenen Plan
im Gedächtnis, will er's
vollenden.

Wieder

Und wieder für den Frühling
hat sie sich entschieden,
du fragst nicht: wer,
der Name ist bekannt.

Es war nicht sicher,
daß sie wiederkommt,
dein Zweifel wieder stärker
als dein Glaube.

Die Schlehenblüten,
junges Grün und Storchen-
Flug – Metaphern
aus zersungnen Liedern.

Kein Altgewohntes,
das so staunen macht.

Gegenstrophen eines Allergikers

Proserpina,
der Unterwelt entstiegen;
die Winterschlacht
hier oben ausgetobt.

Als Gastgeschenk und
Opfergabe bestreut sie uns
mit Blütenstaub
und Pollen.

Vertrüg ich's,
braucht ich nicht zu weinen,
und Freudentränen
sind es nicht.

Vom Propheten

In die Wüste waren sie ihm
gefolgt. Er wollte ihrem Hunger
eine andre Richtung geben.

Ein Wunder, das mißlang.

Als ihre Not die Predigt
überschrie, segnete er zwei Fische
und fünf Brote. Zu wenig für
fünftausend ohne Glauben.

Doch alle satt. Und für
was übrig blieb –
zu wenig Körbe.

Altes Kirchengewölbe

Als sie begriffen,
daß Gott ein Gehörloser ist,
bauten sie ihm Gewölbe,
sangen Inbrunstgesänge,
flüsterten Reue und Schuld
in das steinerne Ohr.

Nie wurden der Taubheit
so viele Ohren gebaut,
keines erzwang sein Gehör.
Aber es tönt noch
vom Widerhall ihrer Gebete.

*

Dieser taubstumme Gott,
erfleht, zerglaubt und verworfen,
uneingelöste Verheißung,
aus der ihnen Kraft wuchs
zu solchen Himmeln aus Stein:

Jeder im Stürzen begriffen
nach der Schwerkraft Gebot,
aber sich haltend, noch immer,
jeder den andern im Sturz.

Die Verleugnung

Rheinabwärts, abends,
hinter Mainz und Bingen
im vollbesetzten Freitag-Zug
kräht in der Tiefe meines Koffers
der Hahn, der mich heut morgen
um die sechste Stunde
zu früh geweckt, mein Tag
begann nicht gut.

Jetzt, nach zwölf Stunden
kräht er abermals.
Ich aber kenne diesen nicht,
fahr fort in meinem Buch
und will's nicht hören.

Saint Denis

Von allen Heiligen
der freundlichste,
immer den Kopf in der Hand
mit der gemeißelten
Bischofsmütze.

Wie unsereiner
beim Grüßen den Hut
als wir einander noch kannten
und Hüte trugen,
um uns zu grüßen.

In allen Sprachen

Daß pfingstlich Gott
in allen Sprachen schweigt,
ich kenne einen, der's
nicht glauben mag.

Wie viele hat er schon
gelernt, um einmal die Stimme
zu hören: Urdu, Tongusi
und jetzt sogar Deutsch.

So unbeirrbar lernen nur
die unbelehrbar sind.

Flachliegende Grabplatte

Unsterblich war ich
noch am letzten Tag,
als mir der Tod
die Sterblichkeit bewies.
Glaubt ihm kein Wort.

Seemannsgräber

Das Dorf wie unbewohnt
im Dauerregen.

Windstill das Kirchenschiff.
Die Orgelpfeifen stumm.

Auf ihren Ruderbänken
sieben alte Fischer.

Der Pfarrer kommt nur
zum Begraben aus der Stadt.

Zwei leere Särge
werden heut versenkt,

bekränzt mit tangumflochtnen
Rettungsringen.

Mit Noahs Stimme

Als nirgends Land mehr war
und nur das Schiff nicht unterging,
in dem ich weltkrank lag
mit Weib und Vieh, von allem Künftigen
der Keim nach deinem Willen,
und dein Versprechen, falls ich's
recht verstand, mir Himmel
Meer und Land und, wie für immer,
Gut und Böse schied, ein neuer Bund
und Schöpfungstag, sah ich
die Meineidsfarben deines
Regenbogens.

Ferney

Der alte Weg
mit frischem Kies bestreut.
Der Park des Spötters.
Kühler Ulmenschatten.

Sein Einspruch gegen
Gott und Lissabon.
Von innen bebt
die beste aller Welten.

Ein Säulenstumpf
von Efeu überwachsen,
die Inschrift frei-
geschnitten:

«*Trösterin –*
Der Zeit gewidmet
von Voltaire.»
(französisch)

Der Garten des Candide

Lavendel, Salbei,
Rittersporn und Mohn
und alle Rosen blühen
dir zuliebe. Die Lilien
öffnen willig ihre Tiefe,
der Strauch der Schmetterlinge
spart nicht seine Pracht.

Des Wunders Überlast
weiß seine Grenze.
Die Zinnien, Kresse, Phlox
verzögern noch ihr Glühn.
Im Innern ihrer Knospen
sammeln Königskerzen
künftgen Schein.

Natur und Kunst
versöhnt auf alte Art.
Die Schönheit ein Geschenk
der Sorge, halb in der Welt,
halb über uns hinaus,
wo alle Gärten *einer* sind,
Gedächtnis und Vergessen
eine Blüte.

II

Im Walfischbauch

Das simulierte Gespräch
mit dem Gott, mit der Welt,
mit dir selbst – jede Antwort
in Fragegestalt.

Am vierten Tag ausgespien,
am fünften schon wieder bereit,
dich gefangen zu geben
ins Buch, lieber Jonas,
ins Buch.

Wahrheit, alte Streunerin

Keine feste Adresse.
Bei Irrlichtern
schweigt sie sich aus
im Weidengebüsch.

In halben Sätzen
durchs Land, in Versen
versteckt, zu leise,
wer's hören will.

Manchmal ein Gruß
aus der Totensprache,
schlecht übersetzt und
nachgesprochen zu laut.

Ritterballade

Bin ich zu sanft geworden,
dann ruf mich zurück in den Zorn.
Gib aber zuvor unserm Feind
ein Menschengesicht.

Weinen soll er, soll weinen können.
Leg ihm die kleine Verzweiflungsspur
in den Faltenwurf unter die Augen.

Gegen die Fühllosigkeit zu kämpfen,
sind wir nicht fühllos genug.
Zwei letzte Ritter wollten wir sein,
einer auf seinem Esel,
einer auf seinem Gaul.

Andalusische Klageweiber

Spezialistinnen der Trauer,
aus gleichgestimmten Kehlen
schluchzender Diskant,
der tiefgefühlte Jammerton.

In Cordoba die Schule,
wo sie's lernen. Wer sich das
leisten kann.

Die Armut nimmt den Ton
vom Band, und Klage füllt
zwölf Tage lang das Haus
des toten Dichters.

Für Mörike

Vom Silbendocht leuchtet's her
in halbgeschlossene Augen,
dein Lampenwunder aus Sprache,
zu deuten leicht oder schwer.

Keine Botschaft, kein Rufen,
ein sich selbst nur erhellender Schein;
es muß, um ihn leuchten zu sehen,
dunkel, sehr dunkel sein.

Nachtstück

Die Jahresringe
unverwechselbar datiert,
zu lesen morgen
nach dem Schnitt.

Jetzt aber, halbmast,
hat die Nacht
ihr Tuch mit falschen
Sternen aufgespannt.

Zu unterscheiden
Schlaf und Trauer nicht.

Diskuswerfer, antik

In Marmor eingefrorene Bewegung,
wie er zum Schwung ausholt,
die Scheibe nicht ins Weite nur
zu schleudern: in ein Ziel.

Gerät und Arm,
im selben Zuck davon-
geschossen und immer noch,
noch immer unterwegs.

Muse als Stubenfliege

Als auf dem Zeigefinger
meiner rechten Hand, mit der ich
nach ihr schlug – und hätte gern
ein Tintenfaß geworfen –
im Rhythmus meiner Feder,
dieses Satzes, sich selbstvergessen
eine Fliege wog: was hätt ich
schreiben sollen, wenn nicht dies.

Bildnis des streitbaren Dichters

Vater Hieronymus,
neben dem Schreibpult immer
ein schlafender Löwe.

Zwielicht

Von Zwielicht überstrahlt:
Verachtung, Neid;
als hätte sie berührt,
woran der Mut zerbricht –

Die ohne Wunden,
wie ich sie beneide;
die ohne Narben,
wie veracht ich sie.

Beim Eintreffen einer gewissen Nachricht

Er war mein Lehrer.
Er hat mich hassen gelehrt.

Ich hab ihn gehaßt.
Aus keinem andern Grund.

Postkarte nach K.
den Zusammenhang des
moralischen Gesetzes
(in mir) mit dem gestirnten
Himmel (über mir)
betreffend

Im Umlauf
viele
falsche Sterne.

Da fällt es schwer,
nicht jedem
zu mißtrauen.

Ins Neue Jahr

Komm mit,
wir fragen
uns durch.

Vogelfrei

Als er aus seinem Nest fiel,
verschlang ihn die Katze.

In ihrem Bauch hat er
fliegen gelernt, selber hat er
sich’s beigebracht. Manchmal
hör ich ihn singen.

Als sie ihm kein Echo gab

„Behaupte niemand,
ich sei taub"

Der will ich sein, der dich
für taub erklärt, denn bist du
taub, kann ich dein Stummsein
tragen.

Und wärst du wirklich taub,
ich schickte dir mein Ohr,
maulfaule Freundin,
strenge Richterin.

Ein Urteil ohne Spruch will ich
nicht anerkennen, und wär's
in deinem Schweigen schon
vollstreckt.

In Schweden

In Schweden trägt
die Unvernunft ein Elchgesicht,
auf Straßenschildern warnen sie
vor ihr. Ein alter Schwede
schwor, es wäre die Vernunft.

In heller Mitternacht
hat sie sich uns gezeigt,
von links die Fahrbahn
überschreitend. Sah ich die eine,
sahst die andre du.

Im Kahlschlag

Die Motorsägen
sind abgezogen.
Der Krieg ist entschieden.

Ausgerottet
das Mischvolk
der Kiefern und Tannen.

Über der Walstatt
ein würziger
Harzgeruch.

Landschaft mit Vögeln

Im ausgeholzten
Blickfeld
Eiffeltürme.

Sitzdrähte
quer durchs Land
für Wandervögel.

Mein Auge
übt im Wimperschlag
den Flug.

Baum vorm Fenster

Er hat sich
von seinen Blättern
getrennt.

Nun siehst du
durch ihn hindurch,
bis dein Blick

sich im Wirbel
der Straße verliert.
Von Schmerz

soll die Rede
nicht sein. Kennst
ihn ja lange

genug, seine
Art, davonzugehn
und zu bleiben.

Tagwerk

In meiner Voliere,
umflattert von scheuen
Gedanken, eigenen
fremden, die zwitschern
einander ins Wort,
fiel heute nichts
auf mein Blatt als
für dich diese Verse.

III

Lochsteine von der Ostsee, Hühnergötter genannt

Vom granitenen Winzling
in Salzwassertiefen durchbohrt:
der ins Trockne geworfene
Feuerstein, halb zugeweht jetzt
von den kleinsten der Kleinen,
dem windbefohlenen Sand.

Sucherin, viele
hast du geprüft, und einem,
der keiner war, wie oft
gelang ihm die Täuschung.

Ihr ursteinzeitlich
schwarzgeweißelten,
immerzu falschgeschriebenen
Hühnergötter, aus der Zerstreuung
gesammelt, barfuß, auf diesem
petroleumverschmierten, gehünt
und geheiligten Strand.

Durch die Jahrtausendlöcher
zieht sie den immer noch
brauchbaren alles-
verbindenden Faden
aus dem in der Düne gefundnen
vermoderten Schuh.

Buchorakel mit Laotse

«Biegsam siegt über starr»

Eine Mücke hab ich getötet,
weiß nicht mehr wann,
die Zeit der Mückenstiche
war vorbei.

Tatwaffe: dieses Buch,
geschenkt von dir; ja, ich
erschlug mit diesem Buch,
ich schlug es zu.

Als ich es gestern auftat,
vielmehr: auftun wollte,
wie vormals jener auf
dem Mont Ventoux,

schlug es in meiner Hand
sich selber auf, und der gepreßte
Schatten ihrer Leiche lag
hingehaucht auf Worten,

die du kennst. Und die dabei
war kann es dir bezeugen.
Du aber nimm mich
wie ich war und bin.

Ins Programmheft von«Cosi fan tutte»

Ein Philosophenstück als Liebesprobe.
Der vorgewußte Ausgang negativ,
denn Don Alfonso kannte wie Bert Brecht
die Regel «Mann ist Mann». Er ließ die Herren
Abschied nehmen und in verfremdeter
Gestalt, unkenntlich wiederkehrend,
fast sie selber sein.

Die Oper gibt den Mädchen
wenig Zeit zum Wechsel der Gefühle,
ein Hauruck. Und Lügnerin Musik
erheuchelt Treue bis zur Erkenntnis,
nur den Verwechselbaren treu zu sein,
die schöner Arien wert sind,
nicht der Liebe.

Trinklied auf den Messias

Gut verkorkt
in der Mitte des Tischs
steht die Flasche.

Du hast sie allein
nicht trinken wollen,
ich werde sie ohne dich
nicht öffnen.

Una minus
die mönchslateinische
Regel: Einer
trinkt keine, zwei
trinken eine, drei
trinken zwei.

Allein bist du
niemand, zu zweit
schon ein Halber,
ein Ganzer
wirst du nicht sein.

Noch am Ende der Zeit
im unendlichen Chor,
wenn die Toten
Versammlung halten
zum großen Gelage –

ein Tropfen
wird fehlen, der stillt
den Durst.

Bis Einer kommt,
der doppelt zählt,
ein Ich und ein Du, der
braucht keinen Namen –

der steigt
auf der goldenen
Treppe herab,
in jeder Hand
eine Flasche.

(Das wird die Erlösung sein,
darauf wollen wir trinken.)

Barfuß auf dem Eise

Ins Programmheft
des Halberstädter
«Winterreise»-Projektes

Auch zur Eiszeit
wurde getanzt und gesungen,
wir wissen's aus alten
Wochenschauen, und
aufs Gedächtnis der Eisbären
ist Verlaß.

Es gab Tanzbrigaden
und Chöre, ihr Auftrag war,
die Bevölkerung
zu erwärmen bei 32 Grad
unter Null in den
Aufmarschgebieten
der Gletscher.

Sie sangen die Eiszeit-
Hymnen, sie tanzten
zum Ruhm des größten
Eismeisters aller Zeiten,
sie liebten ihn
mit der versammelten
Kälte ihrer Herzen.

Mehrere aber
haben ihre Fußlappen
in die Mündung
der Eiskanonen geworfen
und nur das Erfrieren
getanzt, barfuß, ja
auf dem Eise, ihr
Erfrieren, meins
und auch deins.

Man hat ihre Namen
vergessen, aber die Eisbären
sagen: sie hätten es
überlebt, einige
in der Verbannung, irgendwo
in den Tropen.

IV

Kleiner Apollo

Alles in Säcke
gepackt und über
die Mauer gekippt.

Strandhafer für
mein Seepferdchen.

Den Fischleib
zur Leier gekrümmt,
harft sich's
den Golfstrom
hinauf, warm bis
Neufundland.

Dort sollst
du es suchen.

Morsche Eiche

Nachtsitz der Eulen
und schon lange tot.

In einer Winternacht
final bezwungen,

hat sie noch gestern, sagt
der Forstgehilfe, den Wald

wie eine blinde Königin
regiert, mit Eulenaugen.

Dezemberkind

(mit einem Bild)

Beim Gongschlag
dieses vollen gelben Monds,
wenn uns, von Bienen-
Völkern heimgesucht,
noch einmal die Dezember-
Linde blüht.

Von ihren Honig-
Liedern schlaf ich ein
auf deiner Hand,
die wie ein nie
gegebnes Wort mich
wärmt und hält.

Kleines Hirtenlied

(nach Keller)

Das Blickfeld,
grün und weit genug für
meine beiden Schafe.

Freßt, Augen, was
die Wimper hält, bevor
ich geh und schlafe.

Kinderfragen

Hat je ein Fuchs
die Gans zurückgegeben,
die er stahl?

Und ist das Schwarze Meer
auch wirklich schwarz?

Nur übers Tote
weiß ich gut Bescheid:
es wächst Gewißheit
mit dem Salzgehalt.

Am Fleischerhaken

Antwort
und Antwort.

Jede an ihrem
Fragezeichen.

Einige
bluten ja noch.

Altersheim für Lokomotiven

So viel
zu erzählen.

Erfahrung
Erfahrung.

Und alles
auf Schienen.

Flaschenpost

Unverkorkt
in den Briefschlitz
geklemmt, im Kasten
Fuselgeruch.

Schiffbruch im Binnenland.
Mein Nachbar fuhr
lange zur See.

Nachruf auf meinen Klavierstimmer

Zwei Konzertflügel,
Bösendorfer und Ibach,
drei vergilbte Klaviere,
ein Cembalo nebenbei:
das Pensum der vor-
letzten Woche.

Er haßte Musik.
Er hatte das absolute Gehör.
Er konnte gut davon leben.

Spaßgesellschaft

Überfüllte Spitäler –
zu viele haben
sich krank gelacht.

In den Kühlfächern
der Krematorien warten
die Totgelachten
auf ihre Termine.

Redensart

Ein Bild –
du machst dir keins,
du wärst denn
selbst schon drin.

Und bist
du erst im Bild –
du weißt, das heißt:
du weißt.

Anhänglich

(Ein Quodlibet)

Wie häng ich an dir,
wie häng ich dir an,
schon lange, für immer,
und weit darüber hinaus.

Mein Bäumchen,
mein Baum,
wann häng ich mich
an dir auf.

Neunte Etage

Die Aussicht zugebaut,
im Fenster wenig Welt.

Nur für ein Weltbild
grad genug. Doppelt

verglast, der Rahmen
leicht zu öffnen.

Für einen Sprung ins Freie
nicht. Ins Bild.

Gefängnishof

Die Tagesration,
dreihundert Schritt
im Karree.

Ohne Inschrift
die Mauer. Als könnte
hier, klimmend

an Worten, einem
das Wunder
geschehen.

Reise-Segen

Mit dem fest-
gezogenen Senkel
beginnt deine Reise,
mit dem Knoten
über der Zunge
dein Lied.

Sitz nieder,
ich bind dir
den Schuh.

Am Brückenwehr

Kompaßnadel Forelle
zeigt mir die Richtung an
zum Magnetpol der Stille
mitten im Wassergeschwätz.

Erster Frost

Oblate,
dem Teich auf die Zunge
gelegt,

wie sie zittert
vom Kiemenschlagen
der Fische.

Marterl

Vom Blitz getroffen
kleiner Mauersegler
mit dem Blechring
der Vogelwarte am Bein.

Prometheus,
ein Töpfer
aus Kalau.

Lehm, sagt er,
Lehm und
lebn lassen.

Getopft
geziegelt
gemenscht.

Tivoli

Die Freiheit.
Wir fliegen.

Wir fliegen
an Ketten.

Die Ketten.
Die Freiheit.

Das Karussell.

Seestück

Die vorgelagerten Inseln
weigern sich, Ufer zu sein.

Ort neben Ort
im Wahnsinn der Differenz.

Leg den Gedankenfinger
in die alte Wunde.

Im Sonnensturz
der Schrei des Ikarus.

Das Blut erschlagner Fische
färbt den Horizont.

Gedankenfisch

So zapplig und klein
und hat meinen Haken geschluckt,
was will der im Eimer,
den werf ich ins Wasser zurück,
der soll, wenn er's überlebt,
wiederkommen in satter Gestalt.

V

Apfelbaum

Es donnert aufs Laubendach,
Wind, der in Böen
den Apfelbaum erntet.

Ein anderer
hat ihn gepflanzt, die Welt
ist nicht untergegangen.

Unterm Einschlag
seiner Granaten, die Schultern
hochgezogen, sitz ich

am bombensicheren Tisch
im Luftschutzkeller
der Kindheit.

Im Flatterlicht
einer Kerze
schreibe ich's auf.

Kriegskind

Ein Klumpfuß
hat mir den Vater geschenkt,
er mußte nicht in den Krieg.

Als ich erfuhr, daß Ödipus
Klumpfuß heißt, war's
für Komplexe zu spät und
das Morden der Väter vorbei.

Als er so dalag

Als er so dalag
in dem weißen Hemd,
dem hinten offnen,
mit zwei Fäden
nur flüchtig zugebundnen
Totenhemd,

die Hände leichen-
fromm gefaltet,

sah ich:
sie hatten ihm die Uhr
am linken Handgelenk
gelassen –

die wird nun,
dacht ich, eh
die Ewigkeit beginnt,
in der ihm zur Verwesung
zugestandnen Frist
die Stunden zählen.

Altes Schulheft

Holzsplitter im bräunlichen
Nachkriegspapier.
Diktate in Schönschrift,
das letzte über die Seite hinaus
auf den Pappendeckel.

Der Kugelschreiber
noch nicht erfunden.

An den Rändern die Zeichen
der Lehrerin, das schwarze
Sternchen und die roten Striche.
In ihren Fingerzeigen
überlebt die Hand.

Kreidequartiere.
Das unverlierbare Reich
von Kinderfüßen
vermessen.

Wer den Kiesel
über die Schulter warf,
hintüber ins rechte
Feld, durfte die Grenze
passieren, hüpfend
auf einem Bein,
kleiner Storch,

dem schon morgen
der Abflug gelang,
viel zu schnell,
ohne Flügel.

Einer befreundeten Kaulquappe

Die Widerrufbarkeit
deiner Kiemen
ist kein Grund.

Das Prinzip Lunge
wird dir den Schwanz
abbrechen. Fortschritt

werden sie's nennen,
wenn du den Kopf
aus dem Wasser hebst.

Werde doch nicht,
was du sollst. Bleib
im Gleichnis der Fische.

Heimat

Wo du das Gehen
lernst und nicht
das Bleiben.

Einen Fuß
vor den andern gestellt,
ging ich fort.

Ein Wort
hinters andre gesetzt,
kehr ich zurück.

Ins Fundament

Auf Sand
gebaut mein Haus,
auf Sand.

Die Düne
wandert, wandre mit,
mein Haus.

Die Botschaft des Tropfens

In der Fallhöhe geboren,
ein Tropfen Tau, auf die Wasser-
Scheide gelegt, einer zu sein
oder zwei, auf welchem
Fluchtweg, landauswärts,
in einunddasselbe Meer.

Die Doppelgänger

(Leibgeber an Siebenkäs)

Wie oft sind du und ich
verwechselt worden,
mein Freund, mein Bruder –

nun hat dich einer
für dich selbst gehalten; den
schick zu mir, so einen
brauch ich auch.

Zur Hilfe

Dem der Aufschwung
zur Sonne gelang,
der freie Fall nach oben.

Du hast dem Ikarus
einen Tempel versprochen,
laß mich dir helfen
beim Bauen.

Die Worte die Steine
werf ich dir zu,
die lassen wir fliegen.

Ermutigung

Sie glaubten, es wäre
vom Ausgang des Tunnels
das Licht.

War aber nur die Lampe
von einem, der lange schon
vor ihnen ging.

Das gab ihnen Mut,
und sie sangen.

Mitte Oktober

Hausgast und Blütenzähler.
Täglich durch deinen Garten.
Täglich die kleiner werdende Zahl.
Sein Staunen. Sein Trauern.
Seine Art, zu verstehn.

In der Stadt

Der dort im Schaufenster-
Spiegel spaziert und mir
zuwinkt, als wär ich gemeint,
und die neben ihm geht,
ihre Hand in der Mantel-
Tasche, der linken, zum Wärmen,
in seiner, ja das bist du, und
ich seh euch mit seinen Augen.

Am Fenster

Ging durchs Erlöschen
der Bilder,
ging aus dem letzten fort
mit weißem Stock,
unser Tag.

Alles vergeblich gelernt
alles zurückübersetzt
in die Blindensprache der Nacht,
Blick und Weg
und Gestalt.

Wie sich die Scheibe
zum Spiegel verfinstert.

Und ich erfingere
mir dein Gesicht.

Verzettelt

Erinnerungen verzettelt,
die Nachlässe stehen bereit.
Zwei Schriftproben noch
mit der mündelsicheren Tinte,
dann brechen wir auf.

Das Haus wuchs uns
über den Kopf, keiner
will erben.

Hätten wir damals
die Schnecke ins Rennen
geschickt, wären wir heute im Ziel,
eine Schleimspur im Sand
das Vermächtnis.

Ohne Ortsangabe

«Von hieraus
gesehen ist alles nur
halb so schlimm.»

Gedichte Gedichte

An Dunkelfenstern hin,
den lichtdurchlässigen.
Sie spiegeln Draußensein,
als wär's ihr Sinn.

Dahinter, eingeglast,
ummauert – Helle.

Dir bleibt als Einsicht
nur: dich selber sehn,
ein Schatten unter
Schatten. Geh vorbei.

In die Luft

Wären wir
stimmlos und taub,
ich stotterte mein Gedicht
in der Fingersprache
laut in die Luft.

Du hörtest es
mit den Augen
und müßtest mich
ansehn dabei.

Frühes Photo der Eltern

Da bin ich
noch nicht dabei,
da waren sie erst verlobt,
da hätten sie's noch
verhindern können.

Wie gern bin ich da.

Zueignungen

Anmerkungen

Zueignungen

Piz Longhin – gehört den Freunden Barbara und Eberhard Fischer

Villa Martelli.Toscana – Für Enrico de Angelis

Saint Denis – Chapeau! für Wolf Peter Schnetz

Ritterballade –Hans Wollschläger zugedacht

Gedichte Gedichte - Gruß an Alfred Kolleritsch

Trinklied auf den Messias – Für Jürg Stenzl, mit einer Flasche Bordeaux

Barfuß auf dem Eise – Der Dramaturgin Mechtild Hobl-Friedrich freundschaftlich gewidmet

Anmerkungen

Familiengeschichten

Zur zweiten Strophe siehe: Ilse Aichinger, Film und Verhängnis, S.23; die erste denkt an Moses Mendelssohn (1729-1786).

Für Mörike

Bezieht sich auf dessen Epigramm:

Auf eine Lampe

Noch unverrückt, o schöne Lampe, schmückest du,
An leichten Ketten zierlich aufgehangen hier,
Die Decke des nun fast vergeßnen Lustgemachs.
Auf deiner weißen Marmorschale, deren Rand
Der Efeukranz von goldengrünem Erz umflicht,

Schlingt fröhlich eine Kinderschar den Ringelreihn.
Wie reizend alles! lachend, und ein sanfter Geist
Des Ernstes doch ergossen um die ganze Form –
Ein Kunstgebild der echten Art. Wer achtet sein?
Was aber schön ist, selig scheint es in ihm selbst.

Das Gedicht spricht von Mörikes Epigramm so, als wäre es selbst die Lampe. Über die Bedeutung des Wortes «scheint» (*lucet* oder *videtur*) haben sich Martin Heidegger und Emil Staiger 1950 in Briefen unterhalten.(Vgl. E.St., Die Kunst der Interpretation.)

Angebotene Hilfe

Das Angebot bezieht sich auf einen von Dagmar Nick «in der Ägäis» geplanten Tempel. (Vgl .D.N., Gewendete Masken, Rimbaud Verlag 1996, S.50.)

Die Doppelgänger

Siebenkäs und Leibgeber, die äußerlich leicht zu verwechselnden Freunde aus Jean Pauls Romanen «Siebenkäs» und «Titan».

Barfuß auf dem Eise

geschrieben für ein Programmheft des Halberstädter Theaters. Die Motive winterlicher Erstarrung und existentieller Ausweglosigkeit sollten mit dem Motiv des Tanzes verbunden werden. Dabei gerieten sie über die politische Metapher «Eiszeit» ins Bezugsfeld gewisser geschichtlicher Erfahrungen.

Inhalt

I

II

III

IV

V

Originalausgabe

Gefördert von der Siemens AG

Umschlagbild von Astrid Neumann
«Schweben I», Steinbild, 25 × 32 cm

Bibliografische Information Der Deutschen Bibliothek
Die Deutsche Bibliothek verzeichnet diese Publikation in der Deutschen Nationalbibliografie; detaillierte bibliografische Daten sind im Internet über http://dnb.ddb.de abrufbar.

Postfach 10 01 44, D-52001 Aachen
Titel: Jürgen Kostka, Aachen
Satz: Walter Hörner, Aachen
Druck und Bindung: Fuldaer Verlagsagentur
Säurefreies Papier
Printed in Germany
ISBN 3-89086-709-X
www.rimbaud.de